Stefan Loß (Hrsg.)

WEIHNACHTS
Friedens
GESCHICHTEN

BRUNNEN
Verlag GmbH · Giessen

MIX
Papier | Fördert gute Waldnutzung
FSC® C083411

Lektorat: Nadine Weihe, www.lektorat-weihe.de
Umschlagmotive: Adobe Stock
Umschlaggestaltung: Daniela Sprenger
Satz: Brunnen Verlag GmbH
Druck: CPI books GmbH, Leck
Gedruckt in Deutschland
ISBN 978-3-7655-4263-3
www.brunnen-verlag.de

Für

....

Von

....

Inhalt

REBECCA DERNELLE-FISCHER

Dennoch zählt jeder Stich

„Endlich Frieden!“ Gabi schloss die Tür hinter dem letzten Gast. Was für ein Tag! Was für ein wunderbares Fest! Was für ein Sammelsurium an Lebensgeschichten, Schicksalen, unterschiedlichen Menschen! Heute hatte man zusammen gefeiert: Es wurde gut gegessen, gesungen, Geschenke wurden ausgetauscht, Umarmungen gegeben. Einfach Weihnachten feiern im „Stübli“, einem offenen Ort für obdachlose Menschen mitten im Trubel dieser Welt.

Und jetzt, nachdem die Gäste weg waren und das Geschirr gespült war, konnten die Mitarbeiter sich entspannen. Sie hatten sich alle im Leseraum versammelt, ein Feuer im Kamin angezündet, Getränke verteilt und jeder hatte einen gemütlichen Platz zum Sitzen gefunden. Es war ein buntes Team: Angestellte, Ehrenamtliche, frisch dabei oder von Anfang an da, mit verschiedenen Ausbildungen und Berufen: Markus, der Sekretär; Evamaria, die Leiterin und Hausärztin vom Stübli; Viktor, der Koch; Pina, die Friseurin; Peter, der Sozialarbeiter; Lily, die Praktikantin; Sibylle, die Psychologin; Bernd, der Hautarzt; Gabi, die Schneiderin; Frank, der Hausmeister, und noch viele mehr. Alle waren froh, Teil des Stübli zu sein. Ja, sie waren froh, dankbar und müde, besonders nach der diesjährigen Weihnachtsfeier.

Viktor setzte sich ans Klavier und spielte Weihnachtslieder. Manche unterhielten sich leise, andere genossen schweigend diese friedliche Atmosphäre.

Gabi, die Schneiderin, schloss kurz die Augen und dachte an die Menschen, die sie heute wieder getroffen hatte. Manche waren noch so jung und schon ohne Wohnsitz. Andere hatten seit Langem keine Krankenversicherung mehr und manchmal fehlte sogar der eigene Ausweis. Sie waren in einem Teufelskreis gelandet, in die Löcher der Gesellschaft gestolpert. Würden sie alle einen sicheren Ort für die Nacht finden?

Im Stübli waren sie tagsüber willkommen. Sie konnten nicht nur medizinische und soziale Hilfe finden, sondern auch duschen und sich umziehen. Oft hatte Gabi beobachtet, wie sie an diesem Ort zur Ruhe kamen. Ob im Speisesaal, schlafend, den Kopf auf den Tisch gelegt, oder im Garten auf einer Bank, die Augen geschlossen. Jeder trug seinen eigenen Koffer mit sich, Tränensäcke unter den Augen, Frust und verlorene Hoffnungen in der Seele eingebrannt. Sie kamen, wie sie waren, und in diesem Haus gab es einen Platz für diese verwundeten Menschen.

Leise spielte Viktor das Lied „O Heiland, reiß die Himmel auf". Ein Lied wie ein Schrei nach Gerechtigkeit für diese Welt. Gabi hörte ein Flüstern neben sich. Die Leiterin des Stüblis Evamaria sang leise mit: „Wo bleibst du, Trost der ganzen Welt, darauf sie all ihr Hoffnung stellt?"

Plötzlich hörte man lautes Schluchzen. Lily, die jüngste Praktikantin, schien an ihren eigenen Tränen zu ersticken. Sie rannte aus dem Leseraum, ihr Gesicht in den Händen versteckt.

Oh, wie die Mitarbeiter des Stübli diesen Moment kannten – wenn das eigene Herz an dem Leiden anderer zu zerreißen drohte. Wenn die „Warum?"-Fragen sich häuften und die Antworten einfach fehlten. Wenn Wut und Trauer sich mischten und man sich sogar schlecht fühlte, dass es einem selbst so gut ging.

Gabi stand auf und folgte Lily in den Flur. Evamaria sagte noch: „Ach, du, Gabi ... du ..." Aber die Schneiderin war schon weg.

Lily war an der Ausgangstür angekommen, als sie Gabi sah. Sie zischte ihre ganze Verzweiflung heraus: „Wie könnt ihr nur? Wie könnt ihr das aushalten: Weihnachtslieder singen, ein Feuer im Ofen, einen leckeren Tee trinken und dann noch Geschenke aufmachen? So tun, als ob alles in Ordnung wäre? Als ob die Welt nicht ein erschreckender Ort wäre? Hast du die Geschichten gehört? Diese Wunden? Dieses Leid? Gabi, ich kann das nicht mehr! Es tut zu weh!" Sie knallte die Tür hinter sich zu.

Gabi hörte noch einen gedämpften Schrei, den Ruf eines Herzens nach Trost, nach Frieden und nach Wärme. Sie schnappte sich zwei dicke Jacken und suchte im Garten nach Lily. Sie fand sie auf einer Bank, zusammengekauert, zitternd. Behutsam legte Gabi eine Jacke um Lilys Schultern und sagte leise: „Es ist schwierig, oder?"

Lily nickte nur.

Gabi legte sanft ihre Hand auf Lilys Rücken. „Man kann fast spüren, wie es das eigene Herz zerreißt."

Lily fand ihre Sprache wieder. „Ja. Ich weiß nicht einmal mehr, ob ich glücklich sein darf. Es ist alles so unfair! Es ergibt doch keinen Sinn!"

Gabi saß schweigend da und streichelte ruhig die schwer beladenen Schultern dieser jungen Frau, die nicht mehr weiterwusste.

„Gabi, wird es jemals genug sein? Wird es jemals reichen, was wir hier tun?"

Und Gabi, die Schneiderin, die seit Jahrzehnten im Stübli zweimal pro Woche alte Kleider reparierte, die immer bereit war, ein verschmutztes Kleidungsstück in die Hand zu nehmen, um ihm ein zweites Leben zu geben, weil es alles war, was blieb von „zu Hause", von „damals"; Gabi, die alte Socken stopfte und sich immer wieder wünschte, sie könnte auch die gebrochenen Herzen reparieren, nahm ihren ganzen Mut zusammen und sagte: „Nein, Lily, es wird niemals reichen. Alles, was wir tun, würde niemals reichen, um diese Welt zu heilen. Da braucht es einen viel Größeren – so groß wie ein kleines Baby in einer Krippe. Wir können nur seine Hände und Füße sein, seine Umarmung für die Menschen, die wir hier treffen."

„Oh!", machte Lily. „Aber wie hältst du das aus? Warum hast du nicht schon längst aufgegeben?"

Gabi schaute ihr direkt in die Augen. „Weil jeder Einzelne zählt, Lily, jeder Einzelne. Die einzelne Person, die ich vor mir sehe, der ich zuhöre, die ich annehme, deren Geschichte ich nicht verurteile, deren Menschlichkeit ich nicht widerspreche. Immer nur eine! Immer nur eine nach der anderen. Ein Paar Socken, ein Hosensaum, ein Nadelstich nach dem anderen! Ein Gruß, ein Lächeln, eine Berührung nach der anderen. Es ist nicht viel. Es reicht auch niemals aus. Aber es ist genau das Richtige! Die ganze Welt für diesen einen Menschen."

Eine Weile blieben sie sitzen. Sie lauschten der Musik und dem Gelächter. Als sie wieder ins Stübli gingen, kam Evamaria auf Lily zu und umarmte sie herzlich. Sie fragte: „Geht es jetzt ein bisschen besser?"

Lily schaute Gabi an und sagte schüchtern: „Ja. Ein bisschen."

Auf Gabis Platz lag ein kleines Päckchen. Darin fand Gabi ein Reise-Nähset, perfekt für unterwegs. Auf die Vorderseite hatte jemand in Burgunderfäden „Ach, Gabi" gestickt, und auf der Rückseite entdeckte Gabi den Rest des Satzes: „Du Herzensnäherin."

Gabi schaute sich um: Evamaria grinste glücklich. Viktor spielte Klavier. Lily hatte sich mit anderen Praktikanten auf ein Spiel eingelassen. In der Krippe schien das Baby Jesus auch im Schlaf zu lächeln. Und Gabi dachte: „Jeder kleine Stich zählt."

Fabian Vogt

Friedensbringer

„Endlich Frieden!" Peter drückte der Polizistin einen Milka-Schoko-Weihnachtsmann in die Hand. „Vielen Dank, dass Sie an Weihnachten extra vorbeigekommen sind … und da drüben nach dem Rechten gesehen haben."

Die Beamtin lächelte. „Sie haben Glück. Ich war ohnehin gerade im Dienst … Kleiner Scherz! Hab' ich gern gemacht. Ist ja mein Job!" Sie hob zum Abschied die Hand und war schon halb in der Auffahrt verschwunden, als sie sich noch mal umdrehte: „Haben Sie schon länger Krach mit Ihren Nachbarn?"

Peter seufzte. „Seien Sie mir nicht böse. Aber wenn einer am Weihnachtsabend die Terrassentür sperrangelweit aufreißt und pausenlos *I've been looking for freedom* spielt … das geht ja wohl gar nicht. Ich finde David Hasselhoff an sich schon nervig. Aber dann noch dieses Gedudel … Also noch mal vielen Dank, dass Sie für Ruhe gesorgt haben."

Die Polizistin sah aus, als wolle sie noch etwas sagen, dann zuckte sie mit den Schultern und lief zu ihrem Kollegen, der im Auto wartete. „Fröhliche Weihnachten."

„Ihnen auch!" Peter schloss die Haustür und ging ins Wohnzimmer. „So, das wäre erledigt. Die haben ausgedudelt."

Seine Frau Angelika sah ihn prüfend an. „Musstest du wirklich gleich die Polizei rufen? Wir hätten doch erst mal mit Rothers reden können!“

Peter ließ sich aufs Sofa fallen. „Meinst du? So ein nettes weihnachtliches Gespräch über den Gartenzaun, während die ganze Zeit *I've been looking for freedom* plärrt? Voll aufgedreht! Auf keinen Fall. Denk mal dran, wie sie reagiert haben, als ich sie gebeten habe, ihr blödes Auto nicht ständig in unsere Einfahrt zu stellen.“

„Peter! Das war ein einziges Mal. Als sie ihren neuen Kühlschrank ausgeladen haben. Ein Mal haben sie in unserer Einfahrt gestanden. Und du hast daraus eine Riesensache gemacht.“

„Sag mal, auf wessen Seite stehst du eigentlich? Und was war, als sie ihren ganzen Müll auf unser Grundstück geschüttet haben?“

„O Mann! Das war der Sturm. Der hat die Gelben Säcke, die vor ihrer Haustür lagen, zu uns rübergeweht und einer ist aufgegangen. Marion kam doch sofort und hat alles aufgehoben.“

„Hör mal, wenn die zu blöd sind, ihre Müllsäcke richtig hinzustellen …“

Angelika nippte an ihrem Wein. Dann sagte sie ruhig: „Ich glaube, du erträgst es nur nicht, dass Paulina ständig mit David rumhängt.“

Peter stieß energisch die Luft aus. „Unsere Tochter ist zwölf. Und er ist vierzehn. Eine tickende Testosteronbombe. Was meinst du, was er von ihr will? Bestimmt nicht nur *Bibi und Tina*-Filme gucken. Nebenbei: Wieso nennen Rothers ihren Sohn eigentlich David? Wahrscheinlich auch wegen David Hasselhoff. Die haben garantiert einen Baywatch-Fetisch. Findest du nicht, dass ihr Auto auch wie die blöde Karre aus *Knight Rider* aussieht?"

„Nein, sie fahren einen Golf. Gut, er ist schwarz."

„Siehste! Ich hab's gewusst."

Angelika verdrehte die Augen. „Sag mal, wo ist Paulina eigentlich? Sie ist nicht mit dir von der Haustür zurückgekommen."

„Wieso Haustür? Sie war nie mit mir an der Haustür. Ich dachte, sie wäre hier bei dir im Wohnzimmer."

Angelika stand auf, lief in den Flur und rief in den ersten Stock: „Paulina, kommst du runter? Es ist doch Weihnachten."

Keine Antwort. Zwei Minuten später tauchte Angelika aufgelöst wieder auf. „Ich habe das ganze Haus abgesucht. Sie ist nicht da."

„Was?!" Peter sprang auf. „Vermutlich hat dieser David sie geholt. Wer weiß, was die gerade machen." Er lief nach draußen.

„Jetzt warte doch erst mal …"

Aber Peter hatte schon bei Rothers geklingelt.

Jens Rother öffnete sichtlich genervt die Tür. „Ach, was ist denn jetzt wieder? Leuchten unsere Kerzen am Weihnachtsbaum zu grell? Haben wir zu aggressiv *O du fröhliche* gesungen? Oder riecht unser Hackbraten zu sehr nach Thymian? Wobei: Ist ja nett, dass du selbst kommst und nicht gleich die Polizei schickst …"

„Wo ist Paulina?"

Inzwischen war auch Angelika an der Tür angekommen. „Ist sie bei euch? Wir können sie nirgends finden."

Jens Rother warf Peter einen verächtlichen Blick zu, dann drehte er sich um: „Marion, könnte Paulina bei David sein? Das wäre immerhin eine Erklärung, warum er so plötzlich auf sein Zimmer verschwunden ist."

Peter stieß laut die Luft aus. „Ich hab's gewusst."

Wütend drehte sich Jens in einer schnellen Bewegung zurück zur Haustür. Er zischte: „Was hast du gewusst?"

Bevor Peter antworten konnte, tauchte Marion im Türrahmen auf. „Sein Zimmer ist leer. Er ist überhaupt nicht in der Wohnung. Und seine Winterjacke hängt auch nicht an der Garderobe."

Angelika atmete tief ein. „O Gott! Es ist vier Grad. Wo können die beiden denn hin sein?"

Peter fluchte: „Wenn Paulina was passiert, dann Gnade euch Gott."

„Peter!" Angelika packte ihn fester am Arm als je zuvor. „Was ist, wenn die beiden durchgebrannt sind?"

„In der Weihnachtsnacht?"

„Scheiße!" Peter schüttelte erregt den Kopf.

Leise erklärte Marion: „Ich hab' auch keine Ahnung, wo sie sein könnten. Ich fasse es nicht."

Nachdem sie die Umgebung einige Zeit lang abgesucht hatten, sagte Angelika plötzlich: „Wartet mal ... vielleicht sind sie im Wald. Paulina hat mir neulich gesagt, dass sie da ein Baumhaus bauen wollten."

„Was?" Peter schaute seine Frau verwundert an. „Davon hat sie mir nie was erzählt."

„Kein Wunder, weil sie wusste, dass du dich darüber tierisch aufregen würdest." Vorsichtig fügte sie hinzu: „Ich glaube, sie vertraut dir nicht."

„Warum sollte sie mir nicht vertrauen?“, blökte Peter.
„Weil du ihr nicht vertraust.“

Marion kam mit zwei warmen Jacken zur Tür: „Weißt du denn, wo sie dieses Baumhaus bauen wollten?“

„Ungefähr. Kommt! Ich hoffe nur, sie sind da.“

„Hätte nie gedacht, dass man den Schein einer einzelnen Kerze in einem dunklen Wald so weit sehen kann“, sagte Angelika, als sie die Lichtung erreichten. „Gott sei Dank, ich glaube, da sitzen die beiden.“

Sie drehte sich zu Peter um und stellte sich vor ihn. Jede Silbe betonend erklärte sie: „Heute ist Weihnachten. Ich möchte nicht, dass du dich aufregst und Paulina oder David irgendwelche Vorwürfe machst. Haben wir uns verstanden?“

Peter schaute sie an. Fassungslos. Dann schluckte er, bevor er gepresst antwortete: „Okay!“

Deshalb war es Jens, der zuerst sprach, als die Eltern die Jugendlichen erreichten: „Was macht ihr denn hier? Wir haben uns solche Sorgen gemacht.“

David schaute seinen Vater an und antwortete ruhig: „Wir wollten gerne richtig Weihnachten feiern. Schöne Weihnachten. So mit *Friede auf Erden* – wie's der Verkündigungsengel in der Weihnachtsgeschichte sagt. Frieden. Versteht ihr?“

„Was meinst du denn damit?“

„Na ja, eben nicht mit so 'ner schrecklichen Stimmung … mit Nachbarschafts-Dissen … Polizei … und so 'n Kram. So fühlt sich Weihnachten nicht an. Außerdem …“ Er musste grinsen und schaute auf seine Schuhspitzen. „Nur weil ihr euch auf einer Studentenweihnachtsfete bei *I've been looking for freedom* zum ersten Mal geküsst habt, muss das nicht jedes Jahr an Weihnachten bis zum Erbrechen bei uns laufen."

Angelika schaute Marion an. „Echt? Das ist ja total romantisch."

Dann streckte Peter seine Hand in Richtung Jens aus. „Frieden?"

„Frieden!"

„Tut mir leid!"

„Mir auch!"

Bis heute würden alle Beteiligten sagen: Das war der schönste Weihnachtsabend ihres Lebens. Das Fest im Wald.

Rüdiger Jope

Broiler mit Jesus oder Grillparadies

„*Endlich Frieden* von der Müller“, japst Jürgen.

„Ja, bloß gut, dass die mich heute nicht nach den Russischvokabeln gefragt hat“, lacht Falk.

„Sehen wir uns später am Grillparadies?“

„Klar, sei pünktlich“, feixt Falk und verabschiedet sich.

Jürgen trottet durch die Kopfsteinpflastergasse vorbei an zwei verfallenden Häusern. VEB Kohlhandel prangt in verblichenen Lettern über einem vernagelten Schaufenster. Jürgen fröstelt. Er zieht den Reißverschluss seines Parkas nach oben. Während ihm der penetrante Geruch von gepresstem Raps aus der nahen Ölmühle in der Nase aufsteigt, entfernt die Zunge die Reste der Schulspeisung. „Gräupchen mit Speck“. Bäh! Mit Schwung tritt er einen losen Pflasterstein. Laut scheppernd kracht dieser gegen eine rostige Aschetonne.

Zu Hause angekommen, schlüpft Jürgen im Halbdunkeln in die Hausschuhe. Auf dem Küchentisch liegt ein karierter Zettel. Kritzelige Schrift. „Ich komme etwas später. Bitte heiz den Ofen an. Kauf im Konsum ein Brot und drei Flaschen Milch ein. Das Portemonnaie findest du in der Schublade. Ich habe dich lieb! Mutti", entziffert er laut vor sich hin lesend. Sie arbeitet seit Kurzem im evangelischen Kindergarten. Ihren Arbeitsplatz im VEB Ölwerk hat sie verloren, weil „sie nicht mehr fähig sei, Kinder im sozialistischen Sinne zu erziehen!", hatte sie stockend ihm, dem 13-Jährigen, erzählt. Oliver, Jürgens Vater, lächelt in Schwarz-Weiß vom Küchenschrank. In Handschellen haben sie ihn abgeführt aus seiner Malerwerkstatt. Hätte er das Schild „Wir fordern freie Wahlen!" doch nicht schreiben und im Garten aufstellen sollen? Jürgen schluckt. Er ist stolz auf Vati. Noch hat er seine Stimme im Ohr: „Du bist mein Großer!" Das Gongen der alten Standuhr reißt ihn aus den Gedanken. Jetzt aber los. Mit einem zerbeulten Schütter steigt er die ausgetretenen Stufen in den Keller. Der Kohlenstaub kitzelt ihm in der Nase. Kurz darauf knistert und prasselt es im Küchenherd.

Jürgen brütet über Mathe: Wie schleudert Soldat Igor seine Handgranate? Wie weit kann Pawel mit seinem Maschinengewehr schießen?

Endlich sind die Hausaufgaben erledigt. Jetzt noch zum Konsum, dann Krippenspielprobe mit der Christenlehre und anschließend Broiler genießen mit Falk.

Er schüttelt sein gelbes Sparschwein. Nanu? Waren da letzte Woche nicht noch 3 Mark drin? Oh nein, er hatte es für fünf MOSAIK-Hefte von Frank ausgegeben. Das Brathähnchen im Grillparadies ist futsch. Fieberhaft durchwühlt Jürgen die Schubladen seines Schreibtischs. Es findet sich nur ein mageres, messingfarbenes Zwanzig-Pfennig-Stück.

Die Regale im Konsum gähnen vor Leere. Im blauen Kasten stehen nur noch zwei Milchflaschen. In seinem Kopf rattert es. *Mir fehlen noch 2,65 Mark zum knusprigen Goldbroiler.* Eine Altstoffsammlung ist in der knappen halben Stunde nicht mehr zu organisieren.

Zu Hause verschwinden die Flaschen klirrend im Kühlschrank. Jürgen schlägt die karierte Tischdecke zurück, zieht die Schublade auf, um Muttis Geldbeute wieder hineinzulegen. Plötzlich, ein rettender Gedanke. „Das fällt doch nicht auf!" Unschlüssig schiebt er die Schublade langsam zu. „Ein 5-Mark-Schein weniger ist doch nichts! Du kannst ihn doch morgen wieder reinlegen!" Ruckartig zieht er das Fach auf, greift nach dem abgegriffenen braunen Leder. „Es sind doch nur 5 Mark." Broiler statt Graupen. Lecker Grillparadies statt fade Schulspeisung. Der ihn anlächelnde Thomas Müntzer verschwindet in der Cordhose.

Ein Schlüssel dreht sich im Schloss. „Na, mein Großer! Puh, ist das kalt draußen. Danke fürs Feueranmachen. Hast du Milch und Brot geholt?"

„Ja, aber nur zwei statt drei Flaschen."

Mutti seufzt. „Na ja, wenigstens auf dich ist Verlass! Ich will nachher noch zu Oma. Es wird spät heute. Am besten holst du dir nach der Christenlehre noch etwas aus dem Grillparadies", entfährt es ihr.

Jürgen tritt von hinten heran in die Küche. „Ich weiß nicht. Habe heute gar nicht so einen Hunger."

„Du wirst doch nicht krank werden?", fragt Mutti, während sie das Wachstischtuch zurückschlägt und die Schublade öffnet. „Komisch. Ich dachte eigentlich, dass ich noch einen 5-Mark-Schein in der Brieftasche hatte. Wir sind gerade echt knapp, aber ich wollte dir eine Freude machen."

Jürgens Blick geht aus dem Fenster. Seine Wangen brennen. Mutti läuft ins Schlafzimmer. Ein Deckel wird aufgeschraubt. „Hier, mein Großer, lasst es euch schmecken! Freust du dich gar nicht?!"

„Doch, doch ... Danke, Mutti!" Ein zweiter 5-Mark-Schein wandert zum ersten in die Hosentasche.

Die alte Klosterkirche ist ungeheizt. Der Atem der Kinder steigt als weißer Dampf nach oben. Hirten stolpern durch das Kirchenschiff. Die Engel schmettern von der Empore: „Euch ist heute der Heeeeiland geboren!" Silvia und Jürgen sitzen als Maria und Josef vor der Krippe.

Diakon Schneider, der mit seinen langen lockigen Haaren einem spätgeborenen Jesus ähnelt, klatscht in die Hände. „Kinder, dass macht ihr prima. Das wird gut. Noch einen letzten Durchlauf, bitte."

Da meldet sich Marcel. „Herr Schneider, was ist eigentlich ein Heiland?"

Einige Kinder kichern.

„Das ist keine dumme Frage. Kann sie jemand von euch beantworten?", fragt er in die Runde.

Lisa meldet sich. „Ja! Ein Heiland ist einer, der Sachen heil macht, die kaputt sind."

Schneider lächelt. „Ganz richtig! Genau das feiern wir an Weihnachten. Jesus wird geboren, um Frieden und Heilung in die Dinge hineinzubringen, die wir verbockt haben." Sagt's, klatscht in die Hände und bittet die Kinder, nochmals ihre Plätze einzunehmen.

„Geht's dir nicht gut?", fragt Diakon Schneider Jürgen mitfühlend beim Rausgehen. „Du wirkst heute abwesend. Machst du dir Sorgen um deinen Vater?"

Jürgen schüttelt den Kopf. Er hört sich stammeln: „Die Schule war anstrengend. Mir ist kalt. Ich bin müde." Die schwere Kirchentür schlägt hinter ihm zu. „Ein Heiland ist einer, der Sachen heil macht und Frieden bringt!", nagt es in ihm.

Vorm Grillparadies wartet Falk. „Na, wie war's bei der Christentruppe? Mein Vater sagt immer: ‚Kirche ist so was von vorgestern.' Den Jesus und sein Gerede braucht doch heute niemand mehr, oder?"

Jürgen, sonst um keine Antwort verlegen, bleibt heute stumm. „Das macht dann 2,85 Mark für den Goldbroiler mit Pommes Chips, junger Mann. Haben Sie gehört?"

„Ja", entfährt es Jürgen abwesend. Der 5-Mark-Schein fühlt sich heiß an.

„Du bist heute nicht gut drauf, oder?"

„Hmm." Das knusprige Hähnchen schmeckt heute fade wie die Graupen. Eilig verabschiedet Jürgen sich von seinem Freund. In der Thälmannstraße angekommen, hastet er in den zweiten Stock. Der Weg ist ungewohnt lang. Mit den Schuhen betritt er die Küche. Er fingert nach dem 5-Mark-Schein in der Hosentasche, zieht die Schublade auf. Leere. Mutti hat ihren Geldbeutel eingesteckt. Er will ihn loswerden, den zerknitterten Schein. Er lässt ihn in die Schublade fallen, schiebt diese zu. Ihn fröstelt. Früh verkriecht er sich unter seine Bettdecke.

Das metallische Klappern an der Wohnungstür weckt ihn auf. Gespannt hört er, wie der Lichtschalter in der Küche angeknipst wird und Mutti die Schublade für die Brieftasche aufzieht. Momente später steckt sie ihren Kopf in sein Zimmer. „Schläfst du schon?“

„Hm.“

Mit leisen Schritten tritt Mutti ans Bett, setzt sich auf die Kante. „Gab es heute keinen Broiler?“

Jürgen schluckt. „Mir hat’s heute gar nicht geschmeckt. Du, ich habe …“ Tränen laufen ihm über die Wangen. „Beim Üben fürs Krippenspiel habe ich heute gehört, dass Jesus ein Heiland ist, einer, der Sachen heil macht und Frieden bringt. Die fünf Mark aus der Schublade, die …“ Weiter kommt er nicht.

Mutti legt ihren Arm um seine Schulter. In sein Schluchzen hinein vernimmt er: „Jürgen, es ist gut!“ Ein warmer Kuss drückt sich ihm auf die Stirn.

„Danke, Mutti!“

„Es ist gut, mein Junge. Schlaf gut und träum vom Grillparadies!“

Jürgen dreht sich erleichtert auf die Seite. Von wegen, Jesus ist von vorgestern. Sein Frieden zergeht einem auf der Zunge wie ein knuspriger Broiler.

Annekatrin Warnke

Verdiente Pause

„*Endlich Frieden, endlich Frieden*“, murmelte Marvin vor sich hin. Und dann grinste er zufrieden. „Ja, Leute, das funktioniert! Und wir haben ihn – den Titel für unseren Gottesdienst am Heiligen Abend!“

Alle vierzehn Teilnehmer der Sitzung klatschten mehr oder weniger euphorisch Beifall. Die Schläfrigkeit war verständlich. Das Team für Gottesdienstgestaltung saß an diesem heißen Augustabend schon weit über zwei Stunden zusammen, um das letzte Quartal des Jahres zu planen. Trotz der offenen Fenster schien die Luft im Raum zu stehen, und sämtliche Wasserflaschen waren schon lange geleert.

Marvin wischte sich den Schweiß von der Stirn und fächelte sich mit seinem Arbeitskonzept Luft zu. „Dann sind wir für heute tatsächlich durch! Bevor ich euch den Abendsegen zuspreche – gibt es noch Fragen?“

„Nö, Pastor“, meinte Bodo, der Leiter des Musikteams. „Moderation und Musik stehen bis Silvester. Und die Titel für besondere Gottesdienste auch. Wir haben die Planung hingekriegt!“

„Und ich weiß nun, dass ich nach zehn Jahren endlich mal eine stressfreie Vorweihnachtszeit haben werde!“ Die letzte Bemerkung kam von Andrea Jansen. Der

Tonfall klang munter, aber ihr Lächeln wirkte verkniffen.

Marvin fächelte heftiger. Sie würde jetzt nicht doch noch anfangen zu diskutieren? Als Leiterin der Kinderarbeit war sie eine seiner engsten ehrenamtlichen Mitarbeiterinnen. Er hatte sie von seinem Vorgänger „geerbt". Andrea leitete ihren Arbeitszweig seit über zwanzig Jahren ausgezeichnet und war unverzichtbar für seine Gemeinde. Leider war sie auch selbstsicher, unbeherrscht und stellte seine Entscheidungen häufig hitzig infrage.

Seit Jahren war es in seiner Gemeinde Tradition, dass Andrea am Heiligen Abend mit „ihren" Kindern ein Krippenspiel auf die Bühne brachte. Vorhin hatte Marvin verkündet, dass es dieses Jahr anders sein sollte. Er wollte Stück für Stück auch jüngere Leute in wichtige Aufgaben hineinnehmen. Laura Dümel war 36 und vielseitig begabt. Sie könnte einmal die richtige Nachfolgerin für Andrea sein. Laura war vor gut einem Jahr mit ihrer Familie aus dem Ruhrgebiet nach Hamburg gezogen. Sie hatte in ihrer früheren Kirche Erfahrung in der Theaterarbeit mit Kindern gesammelt und war bereit, dieses Jahr die Verantwortung für das Krippenspiel zu übernehmen.

„Nach all den Jahren deines großartigen Engagements hast du dir eine Pause verdient, liebe Andrea", säuselte Marvin und beendete eilig die Sitzung mit dem Segen.

Andrea hatte keine Lust gehabt auf das fröhliche Geplauder, das sie sonst nach einem Sitzungsende so liebte. „Tschüss, ihr Lieben, ich muss los", hatte sie sich noch abgerungen und war zu ihrem Fiat gehastet. Als sie endlich drinsaß, schlug sie mehrmals frustriert auf das Lenkrad ein. Den ganzen Weg nach Hause murmelte sie wütend vor sich hin: „Pause verdient – ha! Abschieben willst du mich, Marvin! Seit zehn Jahren reiße ich mir den Hintern auf, um großartige Christvespern zu gestalten! Alle lieben meine Krippenspiele! Und jetzt nimmt die hübsche, patente – pah! – Laura mir das weg! Wie selbstsicher sie vorhin ihr tolles, selbst geschriebenes Stück vorgestellt hat. Pfft! Inspiriert von einem Weihnachtslied … Wo die Hirten zerstritten auf den Feldern von Bethlehem lagern … Und dann singen die Engel … Und die Hirten gehen zum Kind und vertragen sich … Meine Güte! Wie einfallslos! Das wird ein Reinfall! Oberpeinlich wird das! Aber Hauptsache, der Titel passt dazu! Endlich Frieden – dass ich nicht lache!“

Zu Hause ging die Tirade lautstark weiter, bis ihrem Mann Oliver der Kragen platzte: „Was willst du eigentlich? Du liegst doch Marvin seit Jahr und Tag in den Ohren, dass er jüngeren Leuten Wichtiges anvertrauen soll, damit die Gemeinde auch eine Zukunft hat. Dass nicht alles auf den Schultern der Alten lasten kann …“

„Aber ich bin nicht alt“, schrie Andrea. „Es geht doch darum, dass die Siebzigjährigen mal langsam abtreten sollen!“

„Meine Liebe, du wirst bald 63 und ich bin demnächst Rentner. Irgendwann muss man mit dem Kürzertreten wohl anfangen!“

Andrea drehte Oliver den Rücken zu und ging wortlos ins Bett.

In den nächsten Wochen verhagelte Andreas schlechte Laune Oliver so manchen strahlend schönen Herbsttag. Andrea war besonders übel drauf, wenn Freunde aus der Gemeinde mal wieder ein Loblied auf die „wunderbare" Laura gesungen und deren Engagement für das geplante Krippenspiel gelobt hatten. Seine Angetraute konnte schlecht zugeben, wie sehr ihr das stank. In frommen Kreisen hatte man sich schließlich über Erfolg von anderen zu freuen. Also ließ Andrea ihren Frust nur zu Hause raus.

An einem Abend Anfang Dezember kam Oliver von der Arbeit nach Hause und fand seine Frau wie erstarrt vor ihrem Laptop. „Was ist los?", fragte er.

Mit Tränen in den Augen schaute sie ihn an. „Der neue Gemeindebrief ist online", flüsterte sie. „Laura hat einen Beitrag geschrieben. Ich … ich … weiß nicht … was ich … Lies selbst."

In banger Erwartung drehte Oliver den Laptop zu sich. „Offenes Dankeschön" war der Text überschrieben und begann mit „Liebe Andrea". Und dann beschrieb Laura, wie ihr ungefragt aus der Gemeinde zugearbeitet worden war. „Andrea hat uns das so beigebracht", hatten Mütter gesagt, die Kuchen und Kakao zu den Samstagsproben vorbeibrachten. „Wir haben Andrea immer gerne unterstützt und tun das auch für dich", hatten ehrenamtliche Bühnenbildner, Kostümdesigner, Licht- und Tontechniker festgestellt. „Und noch nie habe ich mit so motivierten Kindern arbeiten dürfen" war ebenfalls zu lesen. Der letzte Satz lautete: „Danke, dass du die Organisation rund um das Krippenspiel durch deine jahrelange, großartige Arbeit so stressfrei gemacht hast."

„Wow“, raunte Oliver, völlig geplättet.

„Ja. Noch nie hat jemand meine Arbeit öffentlich so wertgeschätzt.“ Andrea lächelte unter Tränen. „Ich habe da ein gutes Netzwerk aufgebaut über all die Jahre. Und dass es auch ohne mich weiter funktioniert, ist einfach ... himmlisch!“ Nun fing sie richtig an zu heulen. „Und ich – ich hätte Laura das sagen müssen. Stattdessen habe ich diese ... diese tollen Unterstützer für mich behalten, um es ihr so schwer wie möglich zu machen. Was bin ich für ein Miststück! Gib mir mal ein Taschentuch.“

Oliver flitzte in die Küche und holte ihr eins.

Andrea putzte sich ausgiebig die Nase. „Für nächsten Sonntag laden wir Laura, Timo und die Kinder zum Mittagessen ein. Ist sicher schön für Laura, wenn sie in der stressigen Probenzeit mal nicht kochen muss.“

Christoph Zehendner

Versöhnung eiskalt

„Streitet euch, wo ihr wollt, aber nicht in meiner Pizzeria!“ Giovanni hat seinen Stammplatz hinter der Theke verlassen. Er beugt sich über den Tisch in der Ecke, damit die beiden Streithähne ihn auch bloß nicht übersehen können. Dann lässt er seinen sizilianischen Bass noch einmal dröhnen: „Mensch, hier ist doch kein Kindergarten. Cari amici, die Gäste wollen ihr Essen genießen und nicht von wilden Kampfhähnen gestört werden!“

Jonas und Peter sind schon bei seinem ersten Ton zusammengezuckt. Ihre Auseinandersetzung hatte sie vollkommen in Anspruch genommen. Sie hatten sich in Rage diskutiert und nicht bemerkt, dass sie dabei immer lauter geworden waren. Selbst die Tatsache, dass Giovanni seine schätzungsweise zweieinhalb Zentner durch den gesamten Raum hin zu ihnen bewegt hatte, war ihnen entgangen. Mit einem Schlag wird ihnen bewusst, wie peinlich die lautstarke Streiterei in dieser sonst so gemütlichen Umgebung wirken muss.

„Entschuldige bitte, Giovanni!“, stammeln Jonas und Peter fast unisono. Und ebenfalls nahezu zeitgleich fangen die beiden an, den jeweils anderen zu beschuldigen, der doch ganz allein daran schuld sei, dass …

Giovanni hat die Nase voll. Er knallt zwei Schnapsgläser auf den Tisch und erhebt noch einmal seine Stimme: „Schluss jetzt, aufhören! Hier, die gehen aufs Haus. Trinkt und dann haut ab. Eure Pizza zahlt ihr beim nächsten Mal. Aber kommt dann gefälligst jeder allein hierher!"

Widerspruch ist zwecklos, das spüren Jonas und Peter. Und so kippen sie den Inhalt des Glases in einem Zug in sich hinein, stehen auf und machen sich auf den Weg zur Ausgangstür. Eine eisige Nacht erwartet sie. Temperaturen von minus zehn Grad und kälter sind angekündigt. Entsprechend lang brauchen die beiden, bis sie angezogen sind, denn heute Abend geht nichts ohne Schal, Handschuhe, Mütze und dicke Jacke.

„Ciao, Maestro", verabschiedet sich Peter und versucht dabei ein verlegenes Lächeln. Doch der Chef nimmt keine Notiz von ihm, sondern zapft eine Runde Pils für die Kegelrunde am Stammtisch.

Praktisch gleichzeitig kommen Jonas und Peter am Ausgang an. Gemeinsam wollen sie sich an der übervoll behängten Garderobe vorbeidrücken, durch die schmale Tür nach draußen. Natürlich behindern sie sich dabei gegenseitig. Keiner gibt nach, mit versteinerter Miene drängen sie sich stur durch die Tür. Nur drei Schritte in der Kälte, dann stößt Jonas einen Schrei aus. Er rudert mit den Armen, sucht nach festem Halt, verliert das Gleichgewicht und wäre um ein Haar auf den eisigen Boden geknallt, wenn Peter nicht gerade noch rechtzeitig beherzt zugegriffen und so den Sturz abgefedert hätte.

„Wie kann man nur so dumm sein und bei dem Wetter die Winterstiefel zu Hause lassen", zischelt Peter bösartig.

Das halblaute „Danke“ von Jonas hört sich trotzdem sehr echt und nach großer Erleichterung an. Er ist zwar zu Boden gegangen und kämpft sich jetzt auf allen vieren voran in Richtung einer Bank, an der er sich festklammern und aufrichten könnte. Aber er hat erfasst: Wenn Peter nicht eingegriffen hätte, dann hätte sein Sturz böse Folgen haben können. „Danke schön, Peter“, wiederholt er deshalb, als er mithilfe der Bank einigermaßen festen Stand und eine gewisse Sicherheit zurückgewonnen hat.

Doch Peter hört ihn schon nicht mehr – oder er tut wenigstens so. Er stapft auf seinen dicken Profilsohlen zum Parkplatz, ohne sich umzudrehen. Während Jonas nur winzige Schritte wagt und sich dabei jeweils festhalten muss, hat Peter den Weg schnell zurückgelegt. Er öffnet die Tür seines BMWs und klemmt sich hinter das Lenkrad.

Doch dann passiert erst einmal gar nichts.

Jonas ist so mit sich und seiner behutsamen Fortbewegung beschäftigt, dass er gar nicht bemerkt, was sich in Peters Auto abspielt. Peter drückt verschiedene Knöpfe, dreht hier, dreht da und versucht krampfhaft, seinen Wagen anzulassen. Fehlanzeige. Nicht die geringste Reaktion im Motorraum. Die Batterie hat offensichtlich ihren Geist aufgegeben. Peter hat keine Chance, mit seinem Auto von hier wegzukommen. Dabei liegt Giovannis Pizzeria am Rande einer Waldlichtung; ein Geheimtipp, etwa zwölf Kilometer weg von der nächsten Ortschaft.

Inzwischen ist Jonas bei seinem Auto angekommen. Geparkt hat er direkt neben Peter. Schließlich sind die beiden Kollegen und direkt nach Feierabend gemeinsam hierhergefahren. Wollten eigentlich nur ein Radler zusammen zischen. Waren dann aber über ein paar berufliche Probleme ins Gespräch gekommen. Und dann in einen wilden Streit aus heiterem Himmel. Im Nachhinein kann Jonas fast nicht glauben, was da gerade passiert ist.

Als er seine Autotür öffnet, fällt ihm plötzlich auf, dass Peter immer noch neben ihm parkt. Selbst durch die getönte Scheibe hindurch kann er Peters verzweifelte Versuche beobachten.

Erst kann Jonas sich ein Lachen der Schadenfreude nicht verbeißen. „Das geschieht dir ganz recht, du …“, murmelt er. Doch dann gibt er sich einen Ruck, greift zu seinem Handy und ruft Peter an.

Der schrickt beim Klingelton zusammen und geht sofort ran. Noch ehe Peter ein Wort finden kann, hört er Jonas aus nächster Nähe: „Kannst mit mir fahren. Deine Werkstatt soll sich morgen früh um deinen gestrandeten Liebling kümmern. Bei der Kälte solltest du nicht nach Hause wandern, da helfen auch die besten Stiefel nicht viel.“

Die Stichelei im letzten Satz kann Jonas sich nicht verkneifen. Aber insgesamt findet er einen erstaunlich freundlichen Ton, ganz anders als vor ein paar Minuten in der Pizzeria. Jonas hat nicht vergessen, dass Peter ihn gerade vor einem heftigen Unfall bewahrt hat.

Wenige Augenblicke später nimmt Peter auf dem Beifahrersitz von Jonas Platz. Verlegen räuspert er sich, bevor er ein kaum hörbares „Danke!“ vernehmen lässt.

Jonas schaltet die Zündung ein, der Motor fängt an zu schnurren. Im gleichen Augenblick läuft auch die Hi-Fi-

Anlage. Offensichtlich hat Jonas den Wagen abgestellt, als gerade ein Lied von seiner Playlist zu hören war. Mitten im angefangenen Song geht es jetzt weiter: „… lass die Sonne nicht untergehn, ehe du verzeihst …“, singt der Liedermacher Manfred Siebald. Ein Oldie mit ewigem Wahrheitsgehalt.

Während Jonas den Wagen losrollen lässt, prusten beide wie auf Kommando los. „Tu den ersten Schritt“, tönt es aus der Anlage. Doch das hören Jonas und Peter schon nicht mehr. „Tut mir leid“, sagen sie beide im selben Augenblick.

Und dann lachen sie wie zwei Kinder, die gerade den besten Witz ihres Lebens gehört haben.

ANDREAS MALESSA

Abendlied

Endlich Frieden!, denkt Alex, sagt aber: „Okay, ciao, Schluss für heute." Er klickt auf den Button „Meeting verlassen" und klappt den Laptop zu. War irgendwie latent gereizt, diese letzte Zoomkonferenz des Tages. Süffisante Spitzen, polemische Wortwahl. Komisch.

Der letzte Schluck kalt gewordenen Kaffees schmeckt wie schon mal getrunken. An Tagen wie heute hat er als Projektleiter in einem Weltkonzern morgens um sechs die Koreaner auf dem Bildschirm, abends um sieben die Kalifornier, und alle Teilnehmenden wollen alles „a.s.a.p." geschickt kriegen. As soon as possible, so schnell wie möglich. Sogar noch drei Tage vor Heiligabend.

Immer wenn jemand dieses Buchstabenkürzel in den Chat schreibt, würde Alex am liebsten antworten: „L.m.a.A." Aber in englischsprachigen Meetings versteht das ja niemand.

Er steht auf, spürt seine Müdigkeit. Kein Kollege, keine Kollegin hat sich mit „Merry Christmas" verabschiedet. Oder wenigstens „Alles Gute zum Neuen Jahr" gewünscht. Alex fühlt Enttäuschung, aber auch unterdrückte Angst.

Die Vorstandsvorsitzende sagt doch was aus, wenn sie

vielsagend schweigt, oder? Ihre korrekt-professionelle Freundlichkeit verbreitet frostige Atmosphäre. Ihre Fragen haben was Lauerndes. „Eiskönigin" heißt sie im Teeküchentratsch der Präsenz-Belegschaft im Büro.

„Laute Vorwürfe sind wie prasselnder Regen. Stumme Vorwürfe sind wie Schneefall", hatte ihn ein Kollege gewarnt. „Lautlos, aber gefährlich."

Dann war heute so ein Schneefall-Meeting, denkt Alex. Ging es gar nicht um Kürzungen im nächstjährigen Budget seiner Abteilung? Macht er sich unnötig Sorgen? Oder geht es in Wirklichkeit um seine Stelle, um Kopf und Kragen, und er merkt es nicht?

Alexander steht auf, schiebt die Gardine des Fensters zur Seite, öffnet es einen Spalt breit und lässt frische Luft ins stickige Arbeitszimmer. „Kalt ist der Abendhauch", fällt ihm ein. Woher war noch mal die Liedzeile?

Er atmet tief ein und schließt das Fenster wieder.

Endlich Frieden!, denkt er. *Frieden wäre, wenn nicht alle drei Monate ein Controller mit schlimmen Zahlen wedeln würde. Wenn sich die Geschäftsleitung an Beschlüsse hielte. Wenn keiner in der Firma von Investoren raunen würde, die unseren ganzen Saftladen hier aufkaufen könnten. Weihnachtsfrieden, der wäre, wenn …*

Meike sitzt im Wohnzimmer vor dem Fernseher, nein, „sitzt" kann man das nicht nennen. Sie lümmelt, fläzt sich, hängt die Beine schräg über die Armlehne! Als Alex reinkommt, läuft gerade die Tagesschau.

Meike schaut parallel in ihr Handy und fragt lauter als nötig: „Sag mal, redet ihr in euren Zoom-Meetings …" –

auf dem TV-Bildschirm brennt ein ukrainisches Krankenhaus, Palästinenser beerdigen ein verhungertes Kleinkind im Straßengraben, ein iranischer Flüchtling erzählt, dass sein schwuler Freund an einem Baukran aufgehängt wurde – „… redet ihr da eigentlich auch mal über Privates?" Erst jetzt blickt sie von ihrem Smartphone auf und bemerkt den erschöpft-genervten Gesichtsausdruck ihres Mannes.

„Das fehlte noch!", bellt Alex zurück, kopfschüttelnd. „Scheidungsgeschichten der Mitarbeitenden, Rosenkriegsberichte? Pah! Dass die japanischen Kollegen Walfleisch essen und die US-Evangelikalen Trump gewählt haben? Will ich lieber nicht wissen."

Meike stellt den Fernseher aus, legt das Handy auf den Beistelltisch, bemüht sich um einen friedlichen Tonfall und sagt beim Aufstehen: „Singst du noch mit Vroni? Sie wartet oben. Ich mach uns in der Zeit einen Tee."

Alex nickt. Klar. Gerne. Die Achtjährige ins Bett bringen können, ein Gute-Nacht-Lied singen – das ist ja der Vorteil vom Arbeiten im Homeoffice.

Veronika im Kinderzimmer hat schon Zähne geputzt, das Nachthemd angezogen und das Liederbuch aufgeschlagen. Sie summt *Der Mond ist aufgegangen.* Alex muss nur noch mit einstimmen. Jetzt weiß er auch, woher ihm vorhin der „kalte Abendhauch" in den Sinn kam.

Seine Tochter weiß natürlich, wie man den finalen Schluss-für-heute-Licht-aus-Moment taktisch hinauszögern kann: einfach auf das Absingen *aller* Strophen bestehen. Alex singt, nun ja, er brummt geduldig die altmodischen Formulierungen: „Wir stolzen Menschenkinder / sind eitel arme Sünder / und wissen gar nicht viel ..." – das müsste man mal der Eiskönigin an der Konzernspitze ins Gesicht singen – „wir spinnen Luftgespinste / und suchen viele Künste / und kommen weiter weg vom Ziel" – stimmt, trotz kleinerem Budget und größeren Investoren – „Gott, lass dein Heil uns schauen, / auf nichts Vergänglichs trauen ..." – meine Güte, wir schauen stündlich auf den vergänglichen Kurs unserer Aktie – „lass uns einfältig werden / und vor dir hier auf Erden / wie Kinder fromm und fröhlich sein."

Alex muss grinsen. Sein müde gesungenes Kind merkt es zum Glück nicht, sondern klappt das Buch entschlossen zu.

„Gut' Nacht, Papa! Nur noch drei Mal schlafen, dann ist Weihnachten, stimmt's?"

Als Alex ins Wohnzimmer zurückkommt, ist der Tee kalt. Meike umarmt ihn spontan. Hat sie Tränen in den Augen?

„Schön, Schatz. Wunderschön. Ich hab' vorm Kinderzimmer zugehört."

„Na ja, Vroni wollte es so lang und ausführlich. Dieses Abendlied hat ja eine Naivität, es ist unglaublich. Wahrscheinlich konnten die Leute damals ihren Berufsärger und das Weltgeschehen völlig raushalten aus ihrem Gemütshaushalt. Zack, und schon hatten sie endlich Frieden. Wenigstens privat. Konnten ‚wie Kinder fromm und fröhlich sein'."

Meike lässt sich wieder in den Sessel fallen und surft im Handy nach irgendwas.

Eine halbe Stunde später – Alex hat den Berufs-Laptop aus dem Arbeitszimmer geholt, was nichts Gutes verheißt – sagt sie völlig unvermittelt und wieder zu laut: „Stimmt gar nicht!"

„Hä? Was stimmt nicht?"

„Dass die damals ihren frommen Seelenfrieden nur durch Verdrängung und so und durch Trennung des Politischen vom Privaten gefunden hätten. Hier: Matthias Claudius, Journalist und Liederdichter, erlebt 1806 den Einmarsch napoleonischer Truppen in Hamburg und ist als Verehrer des dänischen Königshauses entsetzt, dass sich Dänemark mit Frankreich verbündet. Sein Sohn Johannes Claudius kämpft als preußischer Soldat gegen die Franzosen, sein Schwiegersohn Friedrich Perthes wird in der Stadt als Verräter gesucht. Matthias und Rebecca Claudius, zwei alte Leute, müssen fliehen und verbringen das Weihnachtsfest 1813 hungernd in einem Stall irgendwo in Schleswig-Holstein!"

Alex steht der Mund offen. „Woher weißt du das denn?"

„Hab' die KI gefragt. Ob der Texter des Abendliedes naiv war. Nee, war er nicht."

KATRIN FALUDI

Der Störenfried

Endlich Frieden, denkt sich Manfred P., als er sich in das Gebüsch hinter dem Stromkasten zwängt. Er hat extra seine erdbraunen Cordhosen angezogen, damit seine Frau nicht wegen der Flecken schimpft, wenn er nach Hause kommt. Sie glaubt, er mache einen Spaziergang. Es ist eng im Gebüsch, aber lange wird er nicht warten müssen. Meistens kommt er pünktlich gegen halb drei, der Störenfried.

Manfred P. hat ja schon alles versucht, auch im Guten. Zunächst hat er sich bei den Nachbarn erkundigt, ob irgendjemand den Störenfried kenne. Diese verwiesen ihn auf die sogenannte „Wotzäpp-Gruppe", mit der sich die Nachbarschaft vernetzt habe. So wurde er erstmals Mitglied eines „Tschätts".

Guten Abend, werte Nachbarn, lautete seine erste Nachricht. *Mein Name ist Manfred P. und ich wohne seit nunmehr 34 Jahren in der Hausnummer 26. Verbindlichsten Dank für die Aufnahme in diese Gruppe.*

Die erste Antwort ließ nicht lange auf sich warten. Sie lautete: *wann lernen diese boomer endlich, dass es nachbar*innen heißt??!!!*

Darauffhin fragte Manfred P. seine Frau, ob sie wisse, was ein „Boomer" sei, doch in ihrem Kreuzworträtsel-

Lexikon ließ sich kein entsprechender Eintrag finden. Seine Frage nach dem Störenfried ging im Gezänk der Chatgruppe unter.

So ist er dem Störenfried jedenfalls nicht auf die Spur gekommen. Also postierte er sich eines Nachmittags um fünf vor halb drei an der Straßenecke, mit einem Notizblock und einem Kugelschreiber in der Hand. Während er wartete, kam das Paketauto vorbei und hielt genau vor seiner Nase.

„Guten Tag, Herr P.“, grüßte ihn der Fahrer freundlich, ein Stapel Pakete im Arm. Der Hüne mit dem roten Bürstenschnitt fuhr in dieser Gegend schon seit Jahren die Pakete aus; man kannte sich. Jetzt, in der Vorweihnachtszeit, hatte er besonders viel zu tun. Deshalb wunderte sich Manfred P., dass der Fahrer nicht mit seinen Paketen an ihm vorbeihastete, sondern stehen blieb und ihn interessiert musterte. „Notieren Sie Falschparker?“

Ertappt ließ Manfred P. den Notizblock hinter dem Rücken verschwinden und errötete. „Ach, nein … ich bin doch nicht das Ordnungsamt.“

„Schade“, bedauerte der Fahrer. „So wild, wie hier alle parken, komme ich mit meinem Wagen kaum durch.“

„Ah ja …“ Manfred P. nickte zerstreut. „Tja, wenn das so ist …“

WRRRRRUMMMMMMMMMM!!!

In diesem Moment raste er vorbei – der Störenfried! Mit Tempo 80 auf dem Motorrad, und das mitten in der 30er-Zone! Manfred P. schnappte nach Luft. Zu spät, er hatte das Nummernschild nicht erkannt.

Am nächsten Tag versuchte er es erneut. Wieder gesellte sich der Paketbote dazu und so warteten sie gemeinsam auf das „WRRRRRUMMMMM!!?“. Als der Störenfried pünktlich vorbeibretterte, flogen die Köpfe der beiden Männer herum.

„Nee“, sagte der Paketbote kopfschüttelnd. „Viel zu schnell, um was zu erkennen.“

Manfred P. rückte seine Brille zurecht und steckte enttäuscht sein Notizbuch wieder ein. „Irgendwie muss man diesem Ruhestörer doch auf die Schliche kommen!“, klagte er.

„Wenn es nur um die Ruhestörung ginge“, meinte der Paketbote.

„Sie haben recht!“, ereiferte sich Manfred P. „Stellen Sie sich vor, da läuft ein Kind auf die ...“

Und plötzlich hatte er eine Idee.

Nun hockt Manfred P. also um fünf vor halb drei im Gebüsch – bewaffnet. Mit einem Ball, den er auf dem Rasen hinter seinem Wohnblock gefunden hat. Das wird dem Störenfried eine Lehre sein! Er nimmt den Ball und wartet. Trotz der Dezemberkälte hat er vor Aufregung schwitzende Hände. Er malt sich aus, wie der Motorradfahrer ins Schlingern gerät, wenn unvermittelt ein Ball vor ihm über die Straße rollt, wie er stürzt und seine heulende Kiste meterweit allein über die Fahrbahn schlittert ... Das geschähe ihm recht!

Da hört er das vertraute Knattern des Postautos. Unmittelbar vor dem Gebüsch hält es an, mitten auf der Straße. Manfred P. zieht ärgerlich die Luft ein. Das darf doch nicht wahr sein! Kurz darauf sieht er ein vertrautes Beinpaar in dunklen Hosen auf das Gebüsch zustapfen. „Guten Tag, Herr P.! Was machen Sie denn da im Busch?"

„Äh ..." Sprachlos starrt Manfred P. den Paketboten an. Der Ball rutscht ihm aus den feuchten Händen und kullert auf den Bürgersteig.

Wie ein geübter Fußballer stoppt ihn der Paketbote mit dem Fuß und sieht Manfred P. prüfend an. „Wollten Sie etwa ...?"

„Nun ja ..." Manfred P. windet sich. „Besser der als ein unschuldiges Kind, oder wie sehen Sie das?"

„Ich würde das für versuchten Mord halten."

„Mo..." Manfred P. klappt die Kinnlade herunter. So weit hat er in seiner Wut nicht gedacht. Plötzlich ist es nicht mehr die Dezemberkälte, die auf seinen Wangen brennt, sondern die Scham.

„Wissen Sie was, ich hab 'ne Idee!" Der Paketbote kickt den Ball über den Jägerzaun, der das Grundstück des Wohnblocks, vor dem sie stehen, einfriedet. „Passen Sie mal kurz hierauf auf!"

Ein Stapel Pakete landet vor dem verdutzten Manfred P. auf dem Bürgersteig und der Paketbote hastet zu seinem Auto. Er steigt ein und fährt los. Zu beiden Seiten stehen die Autos so dicht, dass der Wagen die Straße fast vollständig ausfüllt. Im ersten Gang tuckert er durch die Wohnstraße.

WRRRRRRUUUMMMMM!!! Da kommt der Störenfried angerast – und muss scharf hinter dem Paketauto abbremsen. Wütend lässt er im Leerlauf den Motor aufröhren, doch der Paketbote fährt im Schritttempo weiter.

Nach einer Weile lässt er den Warnblinker aufleuchten, hält an, lädt gemütlich Pakete aus und schlendert pfeifend zum nächsten Hauseingang. Als er zurückkommt, ist der Motorradfahrer eingekesselt von einer Kolonne aus vier wartenden Autos.

Manfred P. trollt sich beschämt nach Hause. Als er in seinen Fernsehsessel sinkt, fällt ihm ein, dass er vergessen hat, sich das Nummernschild des Störenfrieds zu merken.

„Was ist denn los?“, fragt ihn seine Frau, als sie ins Wohnzimmer kommt. „Was sitzt du rum und guckst, als hättest du einen Mord begangen? Hol lieber den Weihnachtsbaum vom Balkon, damit er bis morgen aushängt!“

Am folgenden Tag, dem Weihnachtsmorgen, hilft Manfred P. seiner Frau beim Baumschmücken. Als er gerade die Leiter heraufklettern will, um die Porzellanspitze anzubringen, klingelt es an der Wohnungstür. Dann klopft es und eine vertraute Stimme ruft: „Herr P., ein Paket für Sie!“

Wieder brennt die Scham auf Manfred P.s Wangen, als er zur Tür schleicht und sie öffnet. Vor ihm steht der Paketbote, lächelt ihn an und drückt ihm ein Paket in die Arme. „Friedliche Weihnachten, Herr P.“, wünscht der Mann, nickt ihm noch einmal zu und geht.

Erstaunt trägt Manfred P. das Paket in die Küche und ratscht es mit einem Küchenmesser auf. Gerade, als seine Frau neugierig die Nase durch die Tür steckt, hebt er einen Karton heraus, auf dem ein Paar Kopfhörer abgebildet ist. *„Noise cancelling“*, liest er ungelenk vor.

„Was heißt denn das?“, wundert sich seine Frau.

„Schlag das doch mal in deinem Kreuzworträtsel-Lexikon nach.“

Jürgen Werth

Sie hatte ihre Tochter seit Jahren nicht gesehen

Die Häuser, die am Fenster ihres Zugabteils vorbeihuschen, sind bunter, die Menschen fröhlicher, die Wälder weniger bedrohlich als bei der Hinfahrt. Sie hat es geschafft. Es ist schwer gewesen. Vielleicht war das die anstrengendste Reise ihres Lebens. Aber es hat sich gelohnt. Sie fühlt sich leicht und frei und froh wie seit Jahrzehnten nicht mehr. Nun kann Weihnachten werden.

Sie hatte ihre Tochter seit Jahren nicht gesehen. Die Tochter und die Enkelkinder. Die staunten nicht schlecht, als sie vor der Tür stand. „Hallo“, stotterte sie, „ich bin eure Oma.“ Dabei war ihr Herzschlag beinahe lauter als ihre Stimme. Verständnislos schauten die beiden sie an. Emma, mein Gott, wie groß war sie geworden! Und Paula – die hatte sie überhaupt noch nicht gesehen. „Darf ich reinkommen?“

Und dann stand da plötzlich auch ihre Tochter. Lena. Verlegen. Unsicher. Sie hielt ihr die Hand hin. Feucht war sie, und sie zitterte. Dann sagte Lena: „Komm rein!“, und sie trat in das Haus, das sie noch nicht kannte.

„Und du bist jetzt den ganzen Weg nur wegen uns gefahren?“, fragte Lena, weil man ja irgendetwas sagen musste. „Von Darmstadt bis nach Rosenheim? Wie lange …?“

„Nicht so wichtig“, lächelte sie. „Ich wär’ noch viel weiter gefahren.“

„Willst du was trinken?“, fragte Lena. „Bestimmt hast du Durst. Aber jetzt zieh erst mal den dicken Wintermantel aus.“

Was sollte sie sagen? Ihr fiel nichts Gescheites ein. So lange hatten sie nicht miteinander geredet. Was sagte man da? „Groß ist Emma geworden. Und Paula. Meine Güte, die sieht dir ja so ähnlich!“

Sie saß im Wohnzimmer auf dem Sofa, ganz vorne am Rand, damit sie gleich wieder aufstehen konnte, wenn das hier schiefgehen würde. Es war oft genug schiefgegangen vor sechs, vor acht, vor zehn Jahren. Immer wieder war es schiefgegangen. Dabei hatte sie sich Mühe gegeben, jedes Mal. Aber sie hatten aneinander vorbeigeredet. Aneinander vorbeigedacht und -gefühlt und -geglaubt und -gelebt. Am Ende war Lena meist wütend aufgesprungen. „Das ist mein Leben! Halt dich da raus!“

Aber sie war doch die Mutter! Konnte sie so einfach mitansehen, wie Lena eine falsche Entscheidung nach der anderen traf? Vor allem im Blick auf Männer. Durfte sie sich raushalten? Sie war doch die Ältere, die Erfahrenere, die Lebensklügere! Na ja, älter schon. Aber lebensklug?

Irgendwann hatte Lena ihr eine WhatsApp geschrieben: „Ich will, dass du dich ab sofort aus meinem Leben raushältst. Komplett. Ich kann deine weisen Ratschläge nicht mehr hören! Und die frommen schon gar nicht!“ Sie hatte den Kontakt abgebrochen. War nicht mehr ans Telefon gegangen und hatte irgendwann sogar ihren Mobilfunkanbieter gewechselt. Dann war sie weggezogen. Mit Emma. Wohin, hatte sie nicht gesagt. Bis sie eines Tages, ganz zufällig, einer entfernten Verwandten, die gerade im südlichen Bayern Urlaub machte, in die Arme gelaufen war.

Zu Hause hatte die's natürlich sofort erzählt. „Rat' mal, wen ich getroffen habe! Das rätst du nie! Ich gehe in Rosenheim durch die Fußgängerzone, da …“

Rosenheim also.

Sie hatte Lenas Adresse und ihre Telefonnummer herausgefunden. Aber konnte sie so einfach anrufen nach all den Jahren? Was sollte sie sagen? Und wenn Lena entnervt auflegen würde, würde es schlimmer sein als zuvor. Sie hatte nachgedacht. Hatte tagelang und nächtelang gegrübelt. Sie hatte mit einer Freundin gesprochen. Die hatte ihr noch einmal die steinalte Geschichte vom verlorenen Sohn erzählt. Dabei war es vor allem um den Vater gegangen, der seinem Sohn alles gegeben hatte, was der verlangt hatte, und der ihn hatte ziehen lassen, ohne Vorwürfe und Vorhaltungen. Einfach so. Und der auf ihn gewartet hatte. Jahrelang. Und der ihn, als er wieder zurückgekommen war, abgerissen und verdreckt, in die Arme geschlossen hatte, als wäre nie etwas gewesen. Und der dann ein großes Fest für ihn veranstaltet hatte. Ein Fest der Elternliebe.

„Der Vater ist Gott“, hatte die Freundin gesagt, „das weißt du. Und der möchte, dass wir's auch so machen, dass wir ein Vater werden, wie er einer ist. Ein Vater oder eine Mutter. Egal."

Ja, sie wusste, dass sie nicht da anknüpfen konnte, wo damals alles gerissen war. Sie würde überhaupt nirgends anknüpfen. Denn längst war ihr klar, dass sie es zwar gut gemeint hatte all die Jahre, dass das aber nicht gut gewesen war. Sie hatte Lenas Leben mitzuleben versucht und sie dabei immer wieder nach ihren eigenen in Stein gemeißelten Regeln, Grundsätzen und Maßstäben beurteilt und oft genug verurteilt. Ihre Gespräche hatten aus Vorwürfen und Vorhaltungen bestanden. Das war Liebe, hatte sie damals gedacht. Das war Angst, weiß sie heute. Die Angst, alles würde schieflaufen und am Ende schiefgehen, wenn sie nicht aufpasste. Nein, das war keine Liebe gewesen. Liebe engt nicht ein. Liebe lässt los, Liebe gibt frei. Liebe traut dem anderen etwas zu.

Dann hatte sie angerufen und gefragt, ob sie mal kurz, ganz kurz – versprochen! – vorbeikommen dürfe. Ohne Vorwürfe im Handgepäck. Und Lena hatte nach kurzem Zögern „Wenn du wirklich willst" gesagt.

Und nun saß sie auf ihrem Sofa. Verlegen wie ein 13-jähriger Teenager beim ersten Date. Die beiden Mädels spielten im Garten.

„Ich bin gekommen, um mich zu entschuldigen", stammelte sie und knetete dabei ihre feuchten Hände. „Und weil ich dir sagen wollte, dass es mir unendlich leidtut. Ich war so egoistisch. Es ging eigentlich immer nur um mich. Und dass ich dich ganz doll lieb habe. Und wenn du mich jetzt rauswirfst, dann hab ich's dir wenigstens gesagt."

Lange war es danach still. Sie wagte kaum, Lena in die Augen zu sehen. Als sie es dann doch tat, sah sie, dass die mit den Tränen kämpfte. Sie stand dann langsam auf, wie in Zeitlupe, und setzte sich zu ihrer Mutter. Nach ein paar Minuten tastete sie nach ihrer Hand und drückte sie erst vorsichtig, dann fest und immer fester. Und dann brach es aus beiden heraus. Sie lagen sich in den Armen und weinten hemmungslos. Keiner sagte etwas. Keiner konnte etwas sagen. Keiner musste etwas sagen. Aber beide wussten: Diese Umarmung war das beste Gespräch, das sie jemals gehabt hatten.

Sie blieb nicht mehr lange. Sah noch nach Emma und Paula im Garten. Legte ihnen zwei kleine Weihnachtspäckchen auf den Wohnzimmertisch und zog sich dann den Wintermantel an. „Man soll nicht so lange bleiben nach so langer Zeit!", sagte sie schluckend.

„Aber übermorgen ist Heiligabend, wir könnten doch zusammen, wo du schon mal hier bist …", warf Lena ein.

„Nächstes Jahr vielleicht", sagte sie lächelnd. „Für dieses Mal soll das genügen. Wir müssen uns erst einmal wieder aneinander gewöhnen. Ich muss mich an meine neue Rolle gewöhnen. Und du dich an deine. Damit's nicht doch irgendwann wieder so wird, wie es nie wieder werden darf."

Sie nahmen einander noch einmal fest in den Arm, und dann ging sie. Nach ein paar Schritten drehte sie sich um. Lena stand noch in der Tür. Winkte scheu. Sie winkte zurück. „Bis bald!“, rief sie ihrer Mutter nach und ahnte nicht, dass das die schönsten beiden Wörter waren, die die seit vielen Jahren gehört hatte.

„Ja, bis bald!“, rief sie zurück. „Und: frohe Weihnachten!“

Dann bog sie um eine Häuserecke und griff in ihrer Manteltasche nach dem Handy, in dem sie die Adresse ihres Hotels und die Abfahrtszeit ihres Zuges notiert hatte. Morgen früh, 7.23 Uhr. Es würde eine kurze Nacht werden. Aber eine gute. Die beste seit Jahren. Die Zugfahrt würde wie die Petersburger Schlittenfahrt sein durch eine helle und glänzende und strahlende Welt. Endlich Frieden!

Susanne Ospelkaus

Hochwohlgeboren

Endlich Frieden? Michael schließt die Augen. Übermorgen ist Weihnachten, doch er sitzt im Krankenzimmer auf einem Stuhl – Birkengestell und abwaschbarer Gummibezug. Unbequem und viel zu groß. Er sitzt und hofft. Er sitzt und tröstet. Er sitzt und sitzt.

Seit Tagen liegt seine Tochter im Krankenbett – höhenverstellbar mit Seitengitter. Bequem und viel zu groß. Sie liegt und wimmert. Sie liegt und schluchzt. Sie liegt und liegt.

Endlich Frieden? Ja, die Schmerzmittel wirken und Lotte döst. Ihr Kopf ist bandagiert. Salbenverbände sind um Schulter und Arm geschlungen. Lottes linke Gesichtshälfte wird Brandnarben haben. Die Ärztin machte Mut, dass sie ohne Einschränkung sprechen und essen kann.

Ohne Einschränkung?, fragte Michael.

Das Kind wurde mit Einschränkungen geboren. Es hat ein Chromosom zu viel. Man sieht es Lotte an. Sie ist klein und kräftig. Ihre Muskeln sind weich und die Gelenke überdehnbar. Ihre Augen sind schmal und die Zunge wirkt viel zu groß für ihren kleinen Mund.

Ohne Einschränkung? Michael schüttelt den Kopf. Er ist schuld, dass es Lotte schlechter geht als zuvor. Seit dem Unfall in der Küche tobt, krakeelt und wirbelt die Schuld durch seine Seele.

Dabei wollte Michael alles richtig machen – Lotte in den Alltag hineinnehmen. Gemeinsam aufräumen und dekorieren, gemeinsam den Tisch decken und Kerzen anzünden, gemeinsam Weihnachtsplätzchen backen und kochen. Sie war so stolz, als sie die Nudeln in das sprudelnde Wasser tat. Michael stand hinter ihr und führte ihre Hand. Die Achtjährige strahlte. Der Postbote klingelte. Michael ging nur kurz weg. Türöffner drücken. Keine 30 Sekunden. Er hörte, wie der Topfdeckel auf den Boden aufschlug. Ein Knall. Ein Schrei. Wasserplätschern. Lotte am Boden und die kochend heißen Nudeln auf ihrem Kopf, an Schulter und Arm.

Wie konnte das passieren? Egal. Schnell handeln. Kühlen. Notruf. Krankenhaus.

Endlich Frieden?

Lotte starrt an die Krankenzimmerdecke, so ausdauernd, als würde sie die Löcher in der Deckenverkleidung zählen. Michael rutscht auf dem Stuhl herum. Seine Beine sind eingeschlafen. Er zieht sein Handy aus der Tasche und scrollt durch seine Nachrichten. *Wir beten für euch. Bussi für Lotte. Haltet durch. Können wir helfen? Der Friede Gottes bewahre euch.*

Zu spät, denkt Michael. Das mit der Bewahrung hat nicht geklappt. Langeweile breitet sich im Raum aus. Es gibt nichts zu tun. Michael ist müde, er hat keine Kraft, um mit seinem Kind zu spielen. Bilderbücher stapeln sich auf Lottes Bett. Michael kann sich nicht aufraffen, um aus dem Märchenbuch vorzulesen. Dort wimmelt es von starken Rittern und schönen Prinzessinnen. Sein Lottchen ist weder schön noch eine Prinzessin. Es ist alles seine Schuld.

Es klopft an der Zimmertür. Einmal. Zweimal. Dreimal.

„Herein“, sagt Michael und wundert sich. Normalerweise gibt es ein Klopfen und dann wird die Tür aufgerissen.

„Hallo!“, flötet es in den Raum.

„Hallöchen!“, folgt ein Echo.

„Ich bin Dr. Tim Timba und das ist Dr. Kalli Kalimba.“

Dr. Kalimba drückt das Daumenklavier und die Klänge der Kalimba schlüpfen in den Raum.

„Dürfen wir reinkommen?“, fragt Dr. Timba.

Nein! Auf keinen Fall!, denkt Michael.

„Ja“, sagt Lotte.

„Wir sind Klinikclowns.“

Michael verdreht die Augen. Zwei erwachsene Männer mit aufgemalten Bäckchen, knallbunten Krawatten, Ballonmütze und roten Nasen stolpern ins Zimmer. Die sollen woanders ihre Show abziehen. Immerhin ist Lotte abgelenkt. Michael starrt weiter auf sein Handy.

„Ist die Prinzessin zu Hause?“

Welche Prinzessin? Michael lugt über den Bildschirm.

Ein Clown berührt das Märchenbuch. Der andere zupft an diesem kleinen Instrument.

Lotte fragt: „Welche Prinzessin?“

„Ja Ihr, hochwohlgeborene Maid.“

Michael grunzt. Lotte weiß weder, was hochwohlgeboren, noch, was Maid bedeutet.

Die Clowns treiben sich an. „Eure hochhochwohlgeborene."

„Nein, hochhochhochwohlgeborene."

So ein Quatsch, doch Lotte lacht.

„Wo hat die Prinzessin ihre Krone?"

Lotte sieht zu ihrem Papa. „Wo ist meine Krone?"

„Moment, Prinzessin." Die Clowns holen Luftballons aus den Taschen, blasen sie auf und lassen sie aus den Fingern rutschen. Die Dinger knattern durch das Zimmer. Michael ist genervt. Die Ruhe ist weg. Erneut werden die Luftballons aufgeblasen, aber dieses Mal verknotet. Jetzt sehen sie tatsächlich wie eine Krone aus.

Die Clowns verneigen sich vor Lotte. Das Mädchen richtet sich im Bett auf und hebt ihre Hand wie die Königin aus dem Märchenbuch.

„Hat die Prinzessin einen Umhang?"

Die Clowns stolpern durch das Zimmer, verlaufen sich im Schrank, gehen zeitgleich durch die Badezimmertür.

„Dort", sagt Lotte und zeigt auf ihren Schal. „Dort ist mein Umhang."

Dr. Timba reicht ihr einen Löffel. Lotte lacht und schüttelt den Kopf. Dr. Kalimba reicht ihr ein Handtuch.

Lotte kichert. „Ihr seid aber dumm."

Michael gibt den Clowns den Schal. Lotte bindet ihn sich um.

„Das ist mein Umhang." Inzwischen kniet Lotte auf der Matratze. Sie streift sich den Schal um und Michael staunt, wie gut sie das trotz Verband macht.

„Ihr seid so schlau, Frau Prinzessin."

Na ja, denkt Michael, wenn ihr wüsstet, was Lotte alles nicht weiß.

Dr. Timba fragt: „Wo ist denn der Hofmarschall?“

Lotte weiß nicht, was er meint. Dann zeigt der Clown auf Michael. „Ist das der Hofmarschall?“

Lotte nickt. Michael stöhnt. Er will nicht mitspielen.

„Vielleicht will der Hofmarschall die Prinzessin fotografieren?“

Nein, will er nicht.

Lotte wippt. „Ja, Papa … äh Hofmensch … fotofieren.“

Michael hebt das Handy und fotografiert.

Lotte reckt ihren Kopf, dreht die Schulter und hebt den Arm, zieht ihren Schal um den Körper. Die Clowns applaudieren. Mit vielen Verbeugungen gehen sie rückwärts durch das Zimmer, quetschen sich durch die Tür und sind endlich verschwunden.

Endlich Frieden. Michael lässt das Handy sinken.

„Nein, Hofmensch. Weiter fotofieren. Ich bin eine Prinzessin.“

Die Luftballonkrone sitzt schief auf ihrem Kopf. Lotte lächelt. „Ich bin schlau, haben die Doktoren gesagt.“

Michael will sie verbessern, dass es nur Clowns waren. Doch Lotte thront auf ihren Kissen und winkt wie eine echte Königin.

Michael macht ein Bild nach dem nächsten. Das Krankenzimmer bleibt für Lotte ein Thronsaal. Selbst als die Ballons an Luft verlieren, setzt sie die Krone nicht ab.

Das war doch nur ein Spiel, denkt Michael.

„Ich bin hochhochhochgeboren und schlau und …“, flüstert Lotte und blättert durch das Märchenbuch.

Michael schaut sich die Fotos an. Er vergrößert ein Bild nach dem anderen. Ist das seine arme Tochter? Nein, auf dem Bildschirm strahlt ihn ein Mädchen an – würdevoll, lebensfroh, originell, großzügig, Lottchen.

„Ich bin hochhochhochgeboren“, sagt Lottchen. Ihre Stimme wird immer leiser. Sie schläft. Ihr Mund ist leicht geöffnet. Die Krone hängt platt am Verband.

„Ja, das bist du.“ Michael nimmt ihr das Märchenbuch aus der Hand und deckt sie zu.

Endlich Frieden? Ja, ein bisschen.

Jörg Kailus

Nur ein Staubkorn am Himmel

Eine Weihnachtsgeschichte aus dem 18. Jahrhundert

„*Endlich Frieden.*“ Der Blick des jungen Bauern fiel auf die weihnachtlich geschmückte Stube, wo jetzt, am zweiten Weihnachtstag, sein Vater aufgebahrt lag, umgeben von den Verwandten und Nachbarn. Auf seinem Gesicht zeichnete sich ein fast überirdischer Friede ab. Doch noch. Und das größere Wunder war vielleicht das verweinte Gesicht der jungen Bäuerin, die neben ihm stand. Der Vater hatte in den letzten Tagen seinen Frieden gefunden, und die zerbrochene Beziehung zu seiner Schwiegertochter war heil geworden.

Eine Woche früher. „Nur ein Staubkorn am Himmel …“, war der erste Gedanke, der sich in den noch dämmrigen Verstand des Großvaters schlich, als er am Morgen erwachte – wie immer in aller Frühe, noch ehe der erste Hahn sein Krähen hören ließ. Alte Gewohnheiten starben eben nicht so rasch. So war er alle Morgen aufgewacht und dann an sein langes Tagwerk gegangen. Aber das war vorbei. Der Blick des alten Mannes fiel im Halbdunkel auf das kärgliche Zimmer, das er nun schon so viele Jahre bewohnte. Ein einfaches Bett, ein Stuhl, ein grober Tisch, viel mehr hatte hier nicht Platz. Unter dem kleinen Fenster stand noch die bemalte Holztruhe, auf der in verblassten Lettern seine Initialen zu sehen waren. „J.Wh.“, das war er gewesen, Joseph, der Wiesenhofbauer. Ein Mann, den die Leute respektiert hatten, der Herr auf seinem Hof. Aber heute war sein Sohn der Wiesenhofbauer, und er war nur noch der Großvater, der im Austraglerzimmer, dem Zimmer für die Alten, über der großen Stube hauste, allein, seit seine Frau gestorben war. Seine Frau ... Sie hätte ihm bestimmt den Kopf zurechtgerückt, wenn sie noch da gewesen wäre. Sie hatte immer mit beiden Beinen im Leben gestanden, während der Alte zum Grübeln neigte.

„Nun wird sie sicher bald kommen“, sagte er sich und versuchte aufzustehen, aber die tauben Glieder gehorchten ihm nicht mehr recht. „Jetzt wird sie wieder schimpfen über den nutzlosen Esser, der zu nichts mehr zu gebrauchen ist.“

Die Schwiegertochter war zuerst freundlich gewesen, als er noch arbeiten konnte. Aber auch damals schon eine stolze Person, wo sie doch jetzt die Bäuerin war. Dann beklagte sie sich immer mehr hinter dessen Rücken über den gebrechlichen Schwiegervater und inzwischen störte es sie nicht mehr, wenn er ihr Schimpfen hörte. Hatte der Alte ihnen nicht lange genug auf der Tasche gelegen? Sie war eine wuchtige Frau mit rotem Gesicht und kräftigen Händen; was wusste sie vom Alter? Und von seinen Zweifeln ...

Der Großvater hörte gar nicht zu, als die Bäuerin ihm lamentierend in die Kleider half und ihn auf dem Weg die Stiege hinab zum Frühstückstisch stützte, ihm einen Löffel für den Haferbrei in die zitternden Hände drückte.

„Nur ein Staubkorn am Himmel …“ Diese Worte ließen ihn nicht mehr los, seit er mit dem Sohn beim Brunnenwirt eingekehrt war, damals am Markttag vor über einem Jahr, als seine Beine ihn noch trugen. Er hatte ein Gespräch mitgehört, am Nebentisch. Da saß ein Herr in feinem Tuch, ein junger Kerl noch, aus der Stadt, und diskutierte mit einigen Bauern. Ob er Gott nicht fürchte, wurde er gefragt.

„Ach, geht mir weg mit euren alten Märchen“, hatte er erwidert, „die Herren Gelehrten und Astronomen haben schon vor vielen Jahren bewiesen, dass die Erde sich um die Sonne dreht. Und unsere Welt ist nur ein kleines Staubkorn in der Unendlichkeit. Das sagt die Wissenschaft. Wie sollte Gott sich darum kümmern wollen, wenn es ihn überhaupt gibt?“

Das war der Moment gewesen, da der Großvater seinen Lebensmut verloren hatte. Er saß da, apathisch, in sich gekehrt, verlor das Interesse an seiner Umgebung. Und körperlich wurde er immer weniger, während die Nörgelei der Schwiegertochter immer mehr zunahm. Lieblos oder einfach nur hilflos? Der alte Bauer hatte sich so verändert in diesem letzten Jahr. Benahm sich, als wäre er schon tot. Gute Worte kamen ja ohnehin nicht an bei ihm …

„Vater, du hast ja gar nichts gegessen.“ Die Stimme des Sohnes riss den Alten aus den Gedanken.

Die Bauersleute und der Knecht hatten die Mahlzeit zügig beendet und erhoben sich zu ihrer Arbeit. In der Stube nebenan stand schon der Weihnachtsbaum für das nahe Christfest. Bunte Kugeln, Kerzen, ein Stern an der Spitze. Erinnerungen von Jahrzehnten, die für den Alten alle Farbe verloren hatten. Der Großvater wollte auch aufstehen, zu seiner Bank am Ofen humpeln, doch ihm schwanden die Sinne und er brach vor dem Tisch zusammen. Er hörte noch von fern seinen Jungen: „Schnell, Frau, hilf mir, ich glaub, mit dem Vater geht's zu Ende." Er dachte noch: „Nur ein Staubkorn ...", dann wurde es dunkel.

Als er erwachte, lag er wieder in seiner Kammer, aber er war nicht allein. Konnte das denn sein? Der Hannes! Hannes war bei ihnen im Dorf groß geworden, ein Prachtjunge, der für jeden ein gutes Wort hatte. Er hatte dem kleinen Hannes damals beigebracht, wie man Tierfiguren aus Holz schnitzte. Aber jetzt war er ein Mann, ein Kandidat der Theologie. Ein gelehrter Herr von der Universität. Hannes war zum Weihnachtsfest nach Hause ins Dorf gekommen. Und zu ihm. „Großvater Joseph, du bist so unruhig. Hast du etwas auf dem Herzen?"

Und da brach alles aus dem alten Mann heraus, das Gespräch im Wirtshaus, sein Zweifel an Gott, über den er das ganze Jahr nicht zu sprechen gewagt hatte.

Der Hannes blieb eine Weile lang still, und dann lächelte er. „Schau mal, Großvater, du kennst doch den großen Felsblock draußen vor dem Haus."

Natürlich kannte er den. Er war so groß, dass sie sich

nie die Mühe gemacht hatten, ihn aus der Wiese zu graben. Er hatte immer drum herum gemäht und sein Sohn machte es heute auch so.

„Der ist richtig groß", sagte der Hannes. „Und du hast mir von dem Ring erzählt, den du der Großmutter zur Verlobung geschenkt hast. Den mit der Perle."

Der Großvater wusste noch, wie stolz er auf sein Geschenk gewesen war. Ein silberner Ring mit einer einzelnen Perle. Er hatte lange darauf gespart. Damals war sein Vater noch der Bauer gewesen, und als junger Mann hatte er nicht viel. Aber das glückliche Gesicht seiner Braut würde er nie vergessen.

„Sag, Großvater", fuhr der Hannes fort, „warum hast du der Großmutter denn nicht den Felsblock geschenkt? Der ist doch viel größer!"

„Aber der ist doch gar nichts wert", entgegnete der Alte.

„Eben", meinte Hannes, „die Perle ist viel wertvoller. Weißt du, dabei, ob etwas wertvoll oder wichtig ist, da kommt es nicht auf die Größe an. Unsere Welt ist für Gott wie die Perle. Eine Perle in der Unendlichkeit. Ganz besonders wertvoll und wichtig. Und für uns ist sie doch schön. Und wenn Gott uns so eine schöne und wertvolle Perle schenkt, dann muss er uns doch recht lieb haben."

Eine Weile schwiegen beide, aber dann stahl sich ein Lächeln auf die Züge des alten Mannes.

Der Großvater lebte noch ein paar Tage, doch das Lächeln verging nicht. Wenn der Bauer und die Bäuerin nach dem Vater sahen, dann meinten sie ihn manchmal etwas murmeln zu hören: „Eine Perle am Himmel!" Es war, als wäre eine dunkle Wolkenbank von seinem Herzen gewichen, und als er am Heiligabend seine Schwiegertochter um ein Gespräch unter vier Augen bat, hatte seine Stimme eine Festigkeit, die die junge Bäuerin lange nicht mehr gehört hatte. Sie hatten beide viel geweint an diesem Abend, aber es waren gute Tränen. Am ersten Weihnachtstag war er dann gegangen. Nicht ins Unbekannte, sondern nach Hause.

Birgit Ortmüller

Stille finden in der Weihnachtszeit

24+8 Impulse von Advent bis Neujahr

128 Seiten, Hardcover
ISBN 978-3-7655-3214-6

Oftmals ist die besinnlichste Zeit des Jahres gerade auch die stressigste Zeit, in der wir Terminen nachhetzen, Geschenke besorgen und unsere To-do-Liste abhaken. Birgit Ortmüller möchte gerade dieser besonderen Zeit Aufmerksamkeit schenken und gibt verschiedene Denkanstöße, um die Adventstage achtsam zu begehen, bis ins neue Jahr hinein Stille zu finden und die Tage vor und nach Weihnachten mit dem Kind in der Krippe zu erleben.

Mit persönlichen Gedanken, Anekdoten und Gedichten kann man vom 1. Dezember bis 1. Januar jeden Tag eine kleine Auszeit genießen, dem Kopf und Herzen Ruhe gönnen und so der Ankunft des Sohnes Gottes eine neue Bedeutsamkeit für das eigene Leben geben.

Brunnen Verlag GmbH www.brunnen-verlag.de